REVISED EDITION

THE USBORNE
FIRST
THOUSAND
WORDS
IN FRENCH

With easy pronunciation guide

Heather Amery
Illustrated by Stephen Cartwright

Revised edition edited by Nicole Irving
and designed by Andy Griffin

French language consultant: Lorraine Sharp

On every big picture across two pages,
there is a little yellow duck to look for.
Can you find it?

About this book

This book is for everyone who is starting to learn French. By looking at the small, labelled pictures, it will be easy to learn the words. You can also look at the large central picture and try to recall words for things. This helps to fix words in your mind, and it is also good fun. Seeing things in a scene will also help you to remember them

Masculine and feminine words

When you look at French words for things such as "table" or "man", you will see that they have **le**, **la** or **l'** in front of them. This is because all French words for things and people are either masculine or feminine. **Le** is the word for "the" in front of a masculine word, **la** is "the" in front of a feminine word, and you use **l'** in front of words that begin with "a", "e", "i", "o" or "u". In front of words that are plural (more than one, such as "tables" or "men"), the French word for "the" is **les**.

All the labels in this book show words for things with **le**, **la**, **l'** or **les**. Always learn them with this little word.

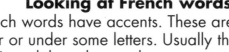

Looking at French words

A few French words have accents. These are signs that are written over or under some letters. Usually they are over the letter "e", and they change the way you say the letter.

Saying French words

The best way to learn how to say French words is to listen to a French speaker and repeat what you hear. To help you, though, in the word list at the back of the book, you will find an easy pronunciation guide for each French word.

About this revised edition

This edition brings new life to an enormously popular book. The book has been redesigned to give even clearer pictures and labels, and there are many brand-new illustrations by Stephen Cartwright. The book has also been brought up to date, so that it now includes objects which have made their way into everyday life in recent years.

La maison

la baignoire

le savon

le robinet

le papier hygiénique

la brosse à dents

l'eau

les toilettes

l'éponge

le lavabo

la douche

la serviette

le dentifrice

la radio

le coussin

le CD

la moquette

le canapé

le lit

La salle de bains

Le salon

4

la chaise

la couette

le peigne

le drap

la descente de lit

l'armoire

l'oreiller

la commode

le miroir

la brosse à cheveux

la lampe

les posters

le portemanteau

le téléphone

l'escalier

La chambre

L'entrée

le radiateur

la cassette vidéo

le journal

la table

les lettres

5

La cuisine

le réfrigérateur

les verres

la pendule

le tabouret

les petites cuillères

l'interrupteur

le paquet de lessive

la clé

la porte

l'évier

l'aspirateur

les casseroles

les fourchettes

le tablier

la planche à repasser

les ordures

la bouilloire

les couteaux

le balai à franges

le chiffon

les carreaux

le balai

le lave-linge

la pelle à ordures

le tiroir

les soucoupes

la poêle

la cuisinière

les cuillères en bois

les assiettes

le fer à repasser

le torchon

les tasses

les allumettes

la brosse

les bols

le placard

7

Le jardin

la brouette

la ruche

l'escargot

les briques

le pigeon

la bêche

la coccinelle

la poubelle

les graines

l'appentis

l'arrosoir

le ver de terre

les fleurs

le tourniquet

la binette

la guêpe

8

l'abeille

le déplantoir

l'os

la haie

la fourche

la tondeuse

le chemin

les feuilles

l'arbre

la fumée

la chenille

le râteau

le nid

les bâtons

l'herbe

le landau

l'échelle

le feu

le tuyau d'arrosage

la serre

L'atelier

les vis

l'étau

le papier de verre

la perceuse

l'échelle

la scie

la sciure

le calendrier

la boîte à outils

le tournevis

la planche

les copeaux

le canif

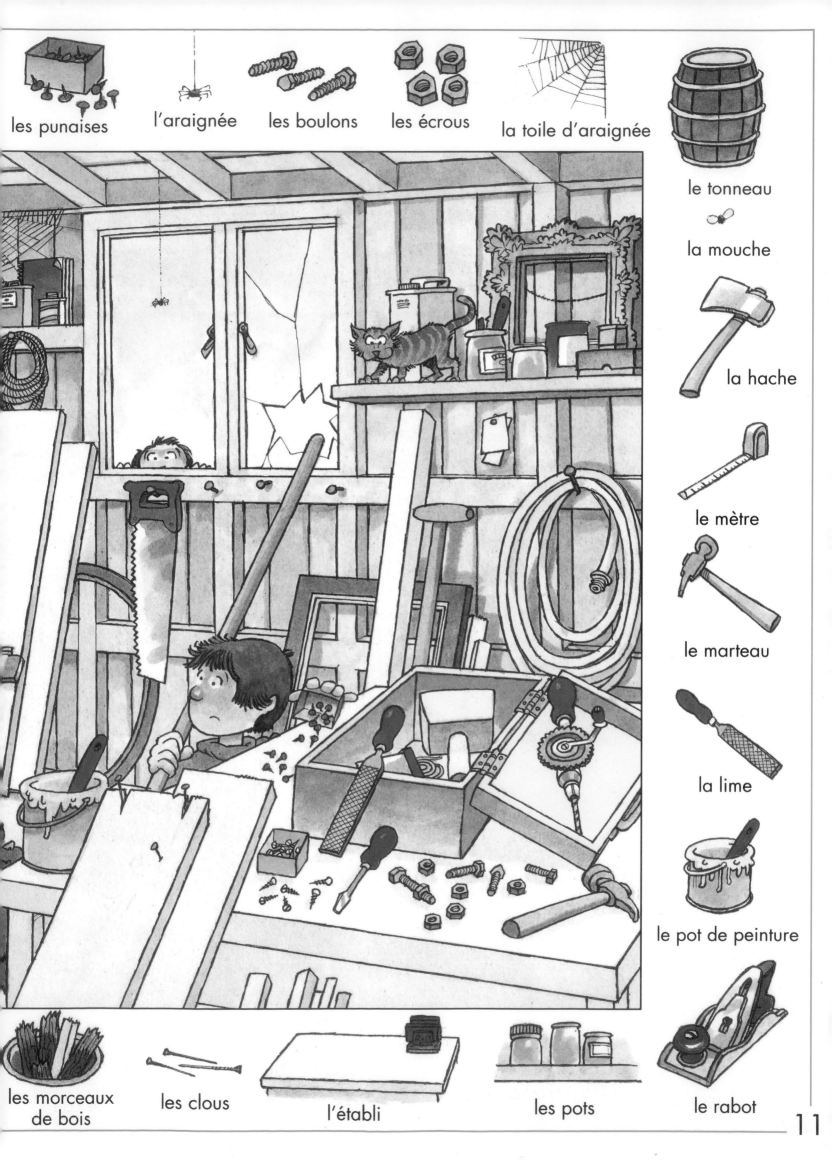

les punaises

l'araignée

les boulons

les écrous

la toile d'araignée

le tonneau

la mouche

la hache

le mètre

le marteau

la lime

le pot de peinture

les morceaux de bois

les clous

l'établi

les pots

le rabot

11

le magasin

le trou

le café

l'ambulance

le trottoir

l'antenne de télévision

la cheminée

La rue

l'autobus

le toit

le bulldozer

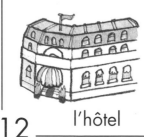

l'hôtel

le monsieur

la voiture de police

les tuyaux

le marteau piqueur

l'école

la cour de récréation

le taxi

le passage pour piétons

l'usine

le camion

le feu de signalisation

le cinéma

la camionnette

le rouleau compresseur

la remorque

la maison

le marché

les marches

la moto

la bicyclette

le camion de pompiers

l'agent de police

la voiture

la dame

le lampadaire

l'immeuble

13

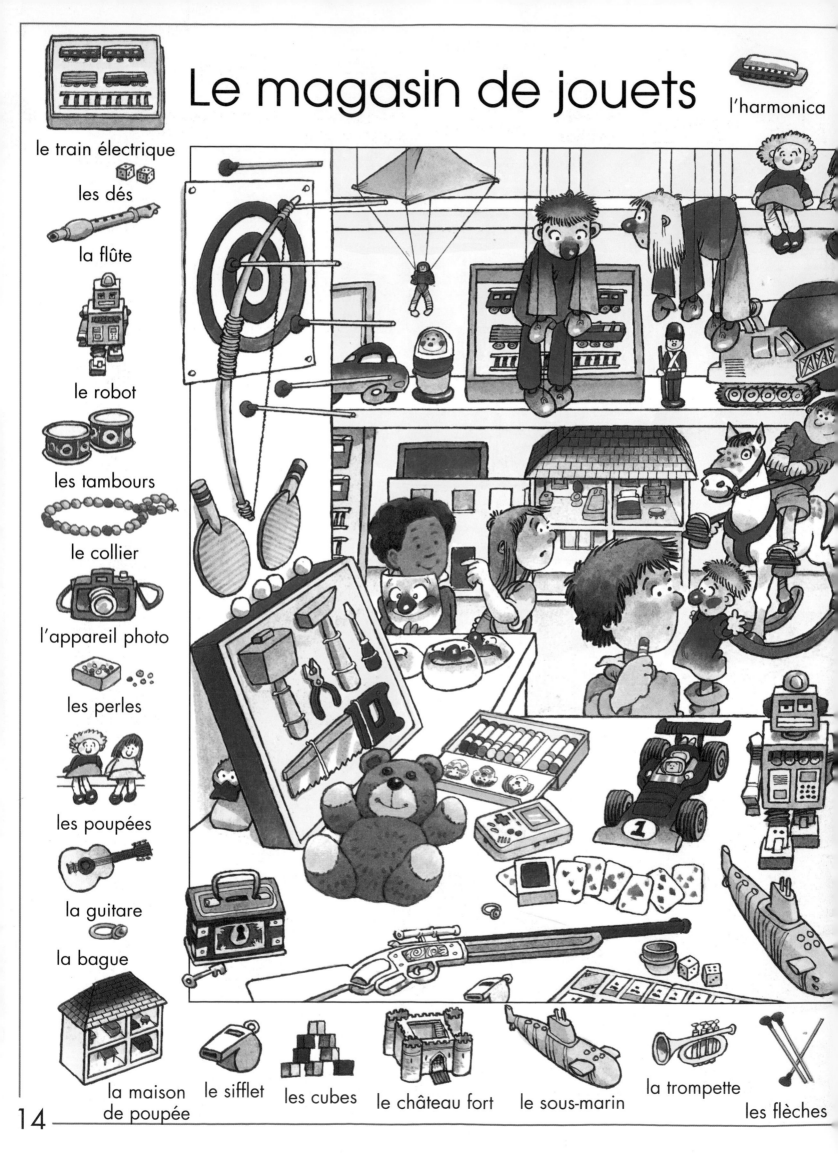

Le magasin de jouets

l'harmonica

le train électrique

les dés

la flûte

le robot

les tambours

le collier

l'appareil photo

les perles

les poupées

la guitare

la bague

la maison
de poupée

le sifflet

les cubes

le château fort

le sous-marin

la trompette

les flèches

l'arc

le parachute

le bateau à voiles

les bâtons de maquillage

le rouleau compresseur

les masques

la voiture de course

le cheval à bascule

la tirelire

les billes

les marionnettes

le piano

les astronautes

la grue

la pâte à modeler

le fusil

les soldats de plomb

la boîte de peinture

la fusée

15

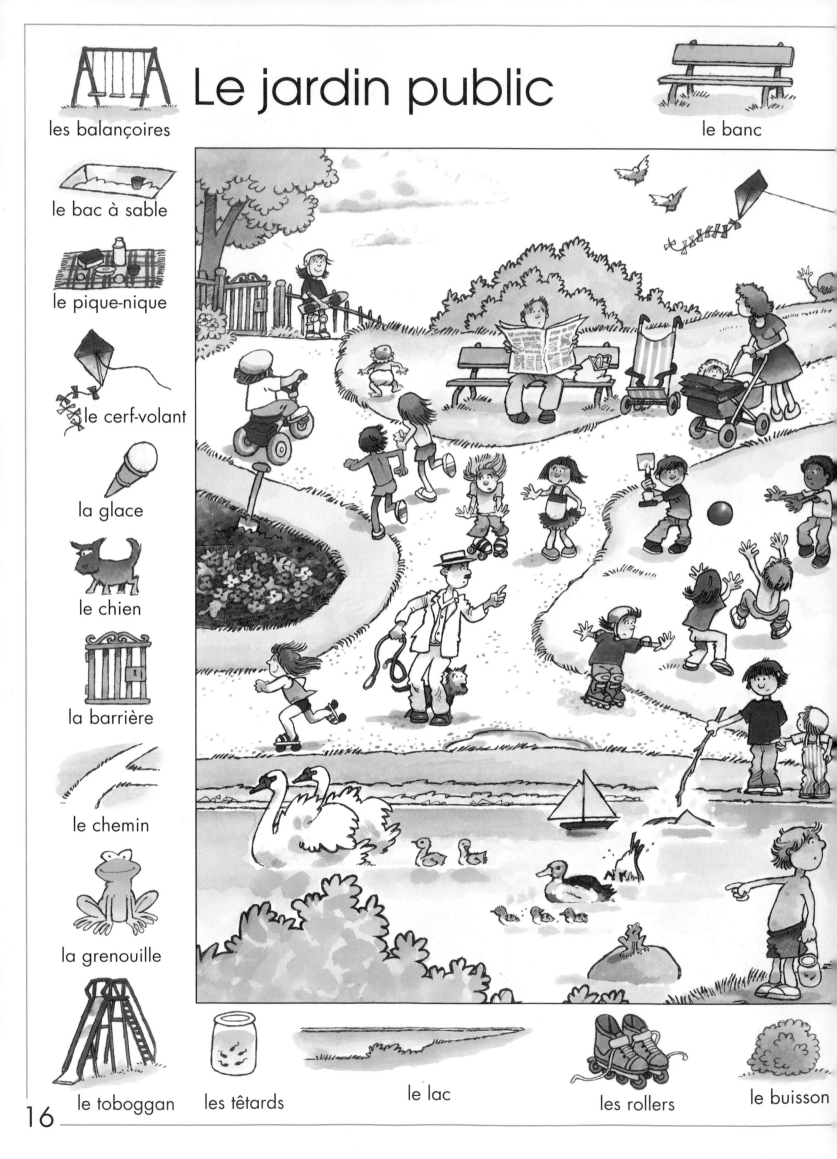

Le jardin public

les balançoires

le bac à sable

le pique-nique

le cerf-volant

la glace

le chien

la barrière

le chemin

la grenouille

le toboggan

les têtards

le lac

les rollers

le buisson

le banc

16

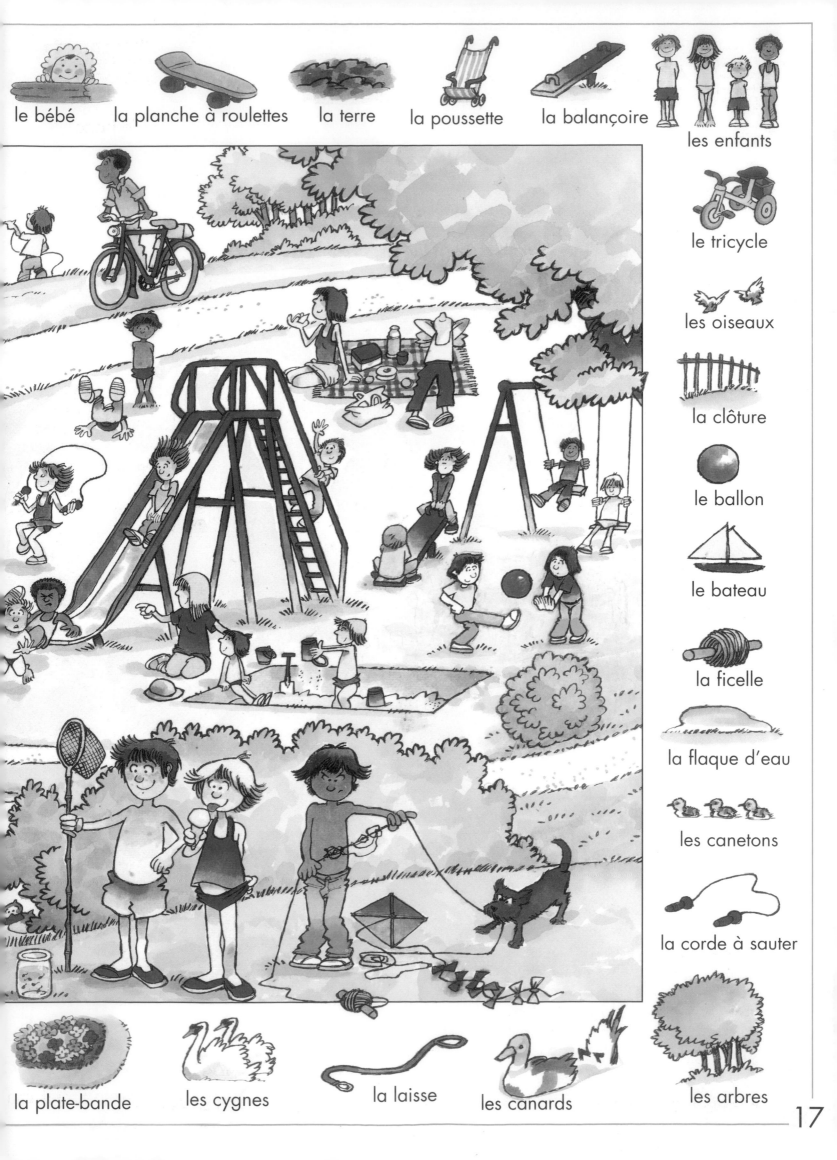

le bébé

la planche à roulettes

la terre

la poussette

la balançoire

les enfants

le tricycle

les oiseaux

la clôture

le ballon

le bateau

la ficelle

la flaque d'eau

les canetons

la corde à sauter

la plate-bande

les cygnes

la laisse

les canards

les arbres

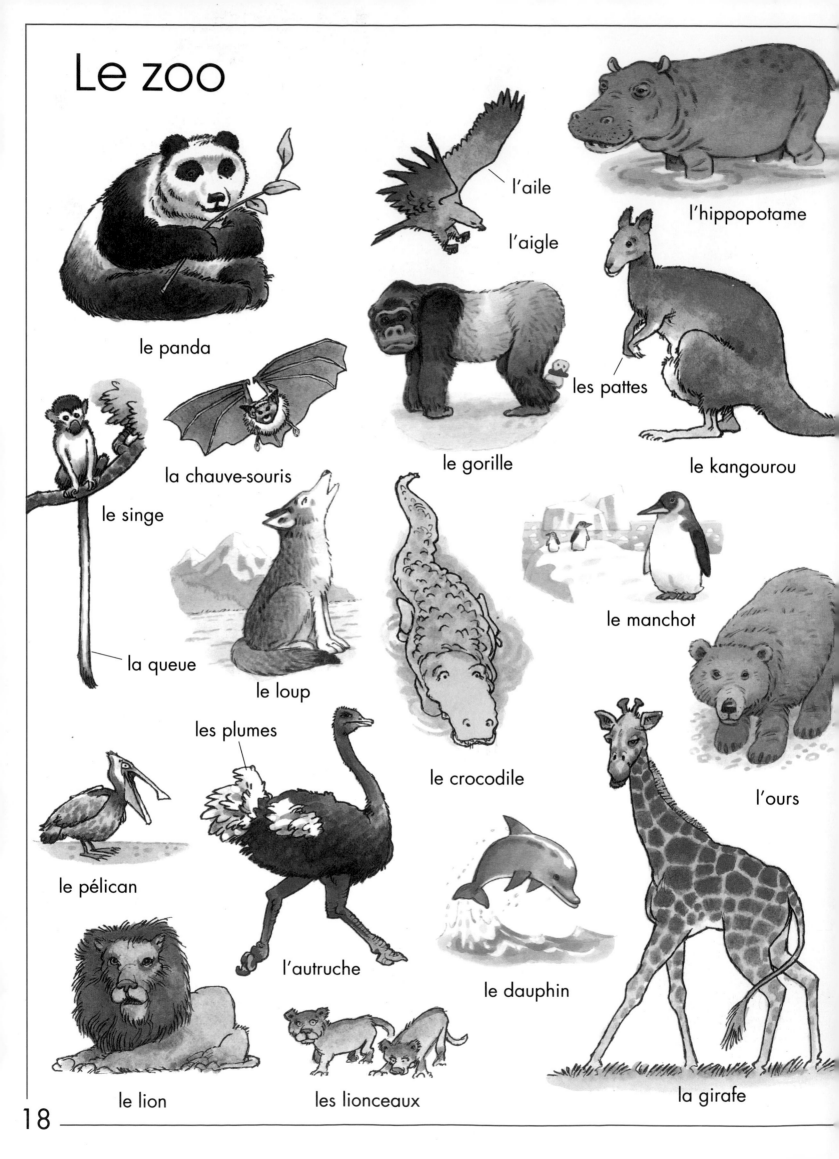

Le zoo

le panda

l'aile

l'aigle

l'hippopotame

le singe

la chauve-souris

le gorille

les pattes

le kangourou

la queue

le loup

le crocodile

le manchot

l'ours

les plumes

le pélican

l'autruche

le dauphin

la girafe

le lion

les lionceaux

les bois

le cerf

le dromadaire

le phoque

l'ours blanc

la tortue

la trompe

l'éléphant

le rhinocéros

le bison

le castor

la chèvre

le zèbre

le serpent

le requin

la baleine

le tigre

le léopard

Le voyage

les rails

la locomotive

les tampons

les wagons

le mécanicien

le train de
marchandises

le quai

la contrôleuse

la valise

la billetterie

l'hélicoptère

La gare

Le garage

les feux
de signalisation

le sac à dos

les phares

le moteur

la roue

la batterie

20

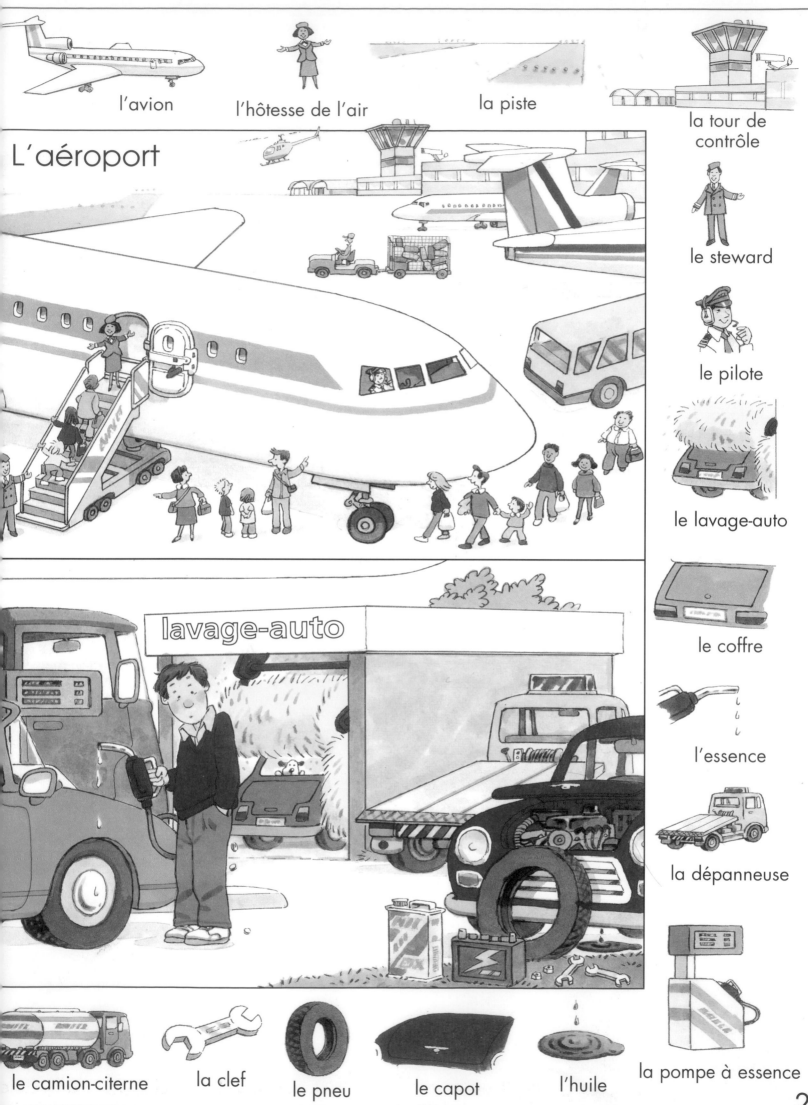

l'avion

l'hôtesse de l'air

la piste

la tour de contrôle

L'aéroport

le steward

le pilote

le lavage-auto

le coffre

l'essence

la dépanneuse

lavage-auto

le camion-citerne

la clef

le pneu

le capot

l'huile

la pompe à essence

l'éolienne

la montgolfière

le papillon

le lézard

les pierres

le renard

le ruisseau

le poteau
indicateur

le hérisson

La campagne

la montagne

l'écluse l'écureuil la forêt le blaireau la rivière la route

les tentes

le canal

les rondins

le village

le papillon de nuit

le pont

la péniche

la cascade

le hibou

le tunnel

les renardeaux

la taupe

le pêcheur

les rochers

le crapaud

le train

la caravane

la colline

La ferme

la meule de foin

le chien de berger

les canards

les agneaux

la mare

les poussins

le grenier

la porcherie

le taureau

les canetons

le poulailler

le tracteur

le coq

les oies

le camion-citerne

la grange

la boue

la charrette

24

le fermier

le champ

les poules

le veau

la palissade

la selle

l'étable

la vache

la charrue

le verger

l'écurie

les petits cochons

la bergère

les dindons

l'épouvantail

le foin

les moutons

les bottes de paille

le cheval

les cochons

la ferme

25

La plage

le bateau à voiles

la mer

la rame

le phare

la pelle

le seau

l'étoile de mer

le château
de sable

le parasol

le drapeau

le coquillage

le marin

le crabe

la mouette

l'île

le canot à moteur

le ski nautique

les vagues

le chapeau
de paille

la falaise

le navire

le kayak

la corde

les galets

les algues

le filet

la pagaie

le bateau
de pêche

les palmes

l'âne

le poisson

le maillot
de bain

le pétrolier

la plage

la barque

le transat

27

L'école

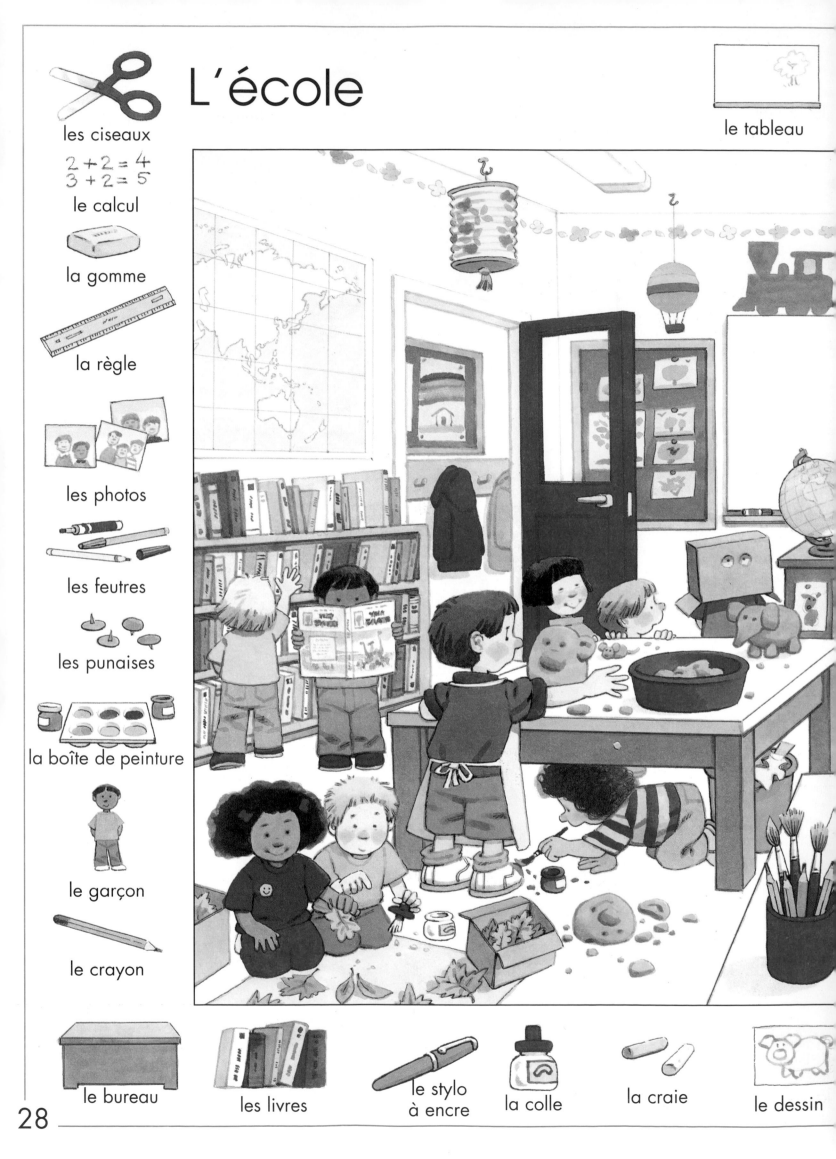

les ciseaux

le calcul

la gomme

la règle

les photos

les feutres

les punaises

la boîte de peinture

le garçon

le crayon

le tableau

le bureau

les livres

le stylo à encre

la colle

la craie

le dessin

la corbeille à papier

l'institutrice

la boîte

la carte

le pinceau

le plafond

le mur

le plancher

le cahier

a b c d e f g
h i j k l m n
o p q r s t u
v w x y z

l'alphabet

le badge

l'aquarium

le papier

le store

a b c d e f g
h i j k l m n
o p q r s t u
v w x y z

la poignée

la plante

la mappemonde

la fille

les crayons cire

la lampe

le tableau noir

L'hôpital

l'infirmier

le coton

le médicament

l'ascenseur

la robe
de chambre

les béquilles

les comprimés

le plateau

la montre

le thermomètre

le rideau

l'ours en peluche

la pomme

le rideau

le plâtre

la bande

le fauteuil
roulant

le puzzle

le docteur

la seringue

30

Le docteur

les pantoufles

l'ordinateur

le pansement

la banane

le raisin

le panier

les jouets

la poire

les cartes

la couche

la canne

la télévision

la chemise de nuit

le pyjama

l'orange

les mouchoirs en papier

la BD

la salle d'attente

La fête

le ballon

le chocolat

le bonbon

la fenêtre

les feux d'artifice

le ruban

le gâteau

les cadeaux

la paille   la bougie   la guirlande   les jouets

32

la clémentine

le saucisson

la cassette

la saucisse

les chips

les déguisements

la cerise

le jus de fruits

la framboise

la fraise

l'ampoule

le sandwich

le beurre

le biscuit

le fromage

le pain

la nappe

le pamplemousse

la carotte

le chou-fleur

le poireau

le champignon

le concombre

le citron

le céleri

l'abricot

le melon

Le magasin

le sac

FROMAGE

FRUITS ET LÉGUMES

l'oignon   le chou   la pêche   la laitue   les petits pois   la tomate

les oeufs

la prune

la farine

la balance

les bocaux

la viande

l'ananas

le yaourt

le panier

les bouteilles

le sac à main

le porte-monnaie

l'argent

les boîtes
de conserve

les pommes
de terre

les épinards

les haricots

la caisse

la citrouille

le caddie

La nourriture

le petit déjeuner

le déjeuner

l'oeuf à la coque

le pain grillé

la confiture

le café

l'oeuf au plat

le chocolat chaud

la crème

le lait

les céréales

le sucre

le miel

le sel

le poivre

le thé

les crêpes

les petits pains

36

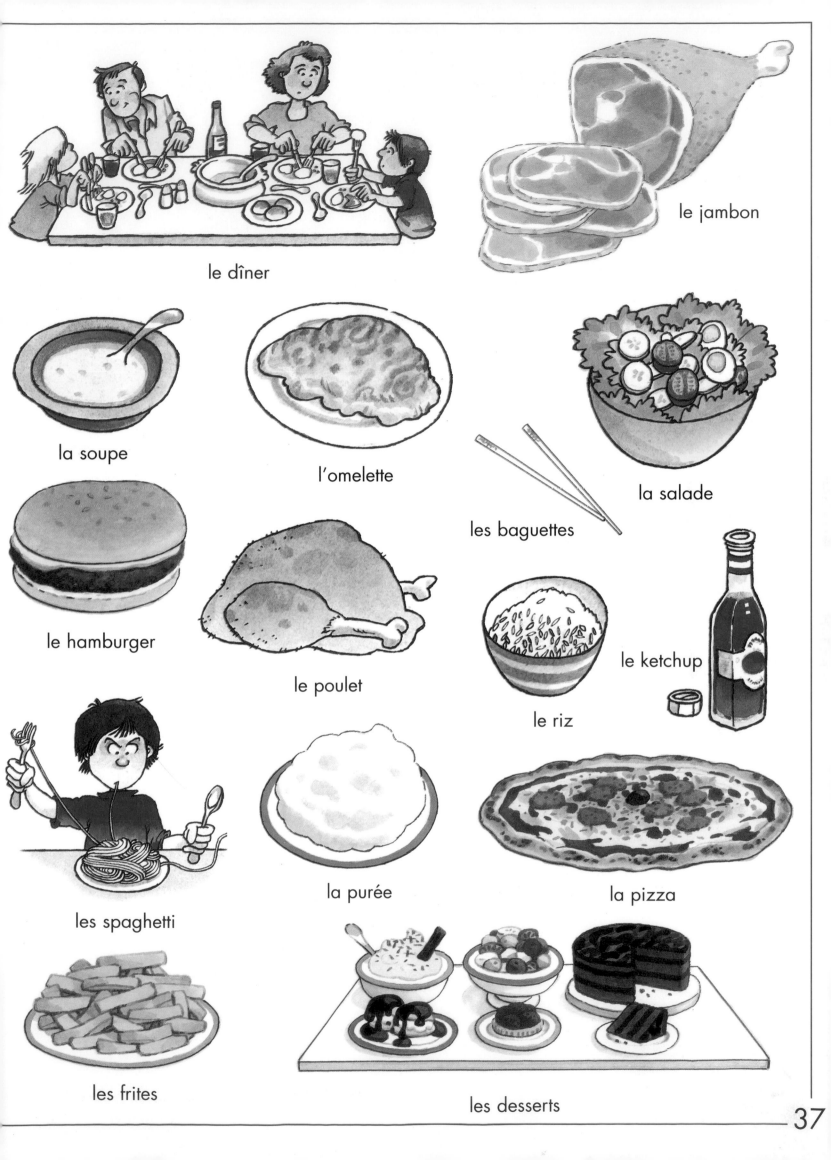

le dîner

le jambon

la soupe

l'omelette

la salade

les baguettes

le hamburger

le poulet

le riz

le ketchup

les spaghetti

la purée

la pizza

les frites

les desserts

Moi

la tête

les cheveux

la figure

le sourcil

l'oeil

le nez

la joue

la bouche

les lèvres

les dents

la langue

le menton

le bras

le coude

le ventre

les oreilles

le cou

les épaules

les doigts de pied

le pied

la jambe

le genou

la poitrine

le dos

le derrière

la main

le pouce

les doigts

Les vêtements

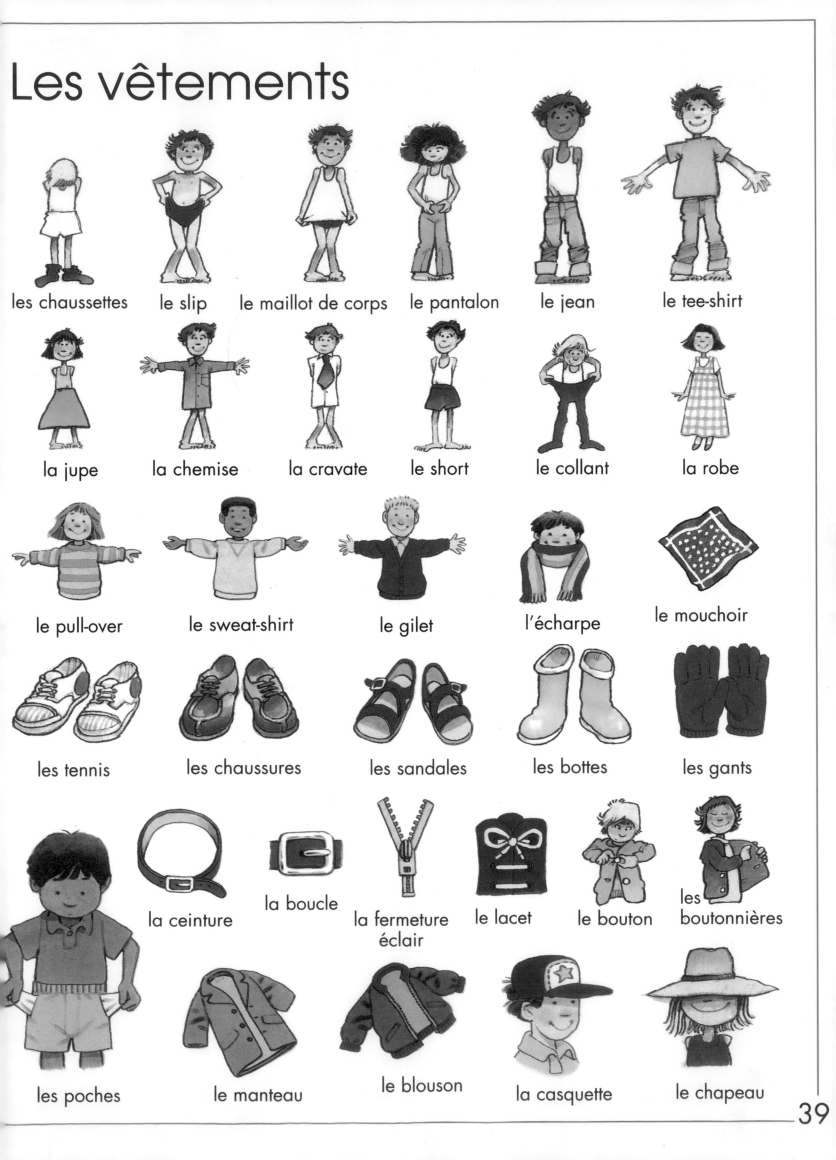

les chaussettes

le slip

le maillot de corps

le pantalon

le jean

le tee-shirt

la jupe

la chemise

la cravate

le short

le collant

la robe

le pull-over

le sweat-shirt

le gilet

l'écharpe

le mouchoir

les tennis

les chaussures

les sandales

les bottes

les gants

la ceinture

la boucle

la fermeture éclair

le lacet

le bouton

les boutonnières

les poches

le manteau

le blouson

la casquette

le chapeau

Les gens

l'acteur

l'actrice

le cuisinier

le danseur

la danseuse

le chanteur

la chanteuse

l'astronaute

le boucher

les agents de police

le menuisier

le pompier

l'artiste

le juge

le mécanicien

la mécanicienne

le coiffeur

le chauffeur de
camion

le conducteur
d'autobus

le serveur
la serveuse

le facteur

la dentiste

le peintre

l'homme-grenouille

la
boulangère

La famille

le fils
le frère

la fille
la soeur

la mère
la femme

le père
le mari

la tante

l'oncle

le cousin

le grand-père

la grand-mère

Les actions

sourire

rire

pleurer

penser

écouter

attraper

lancer

casser

peindre

écrire

couper

couper

manger

parler

creuser

porter

boire

faire

sauter

danser

se laver

tricoter

ramper

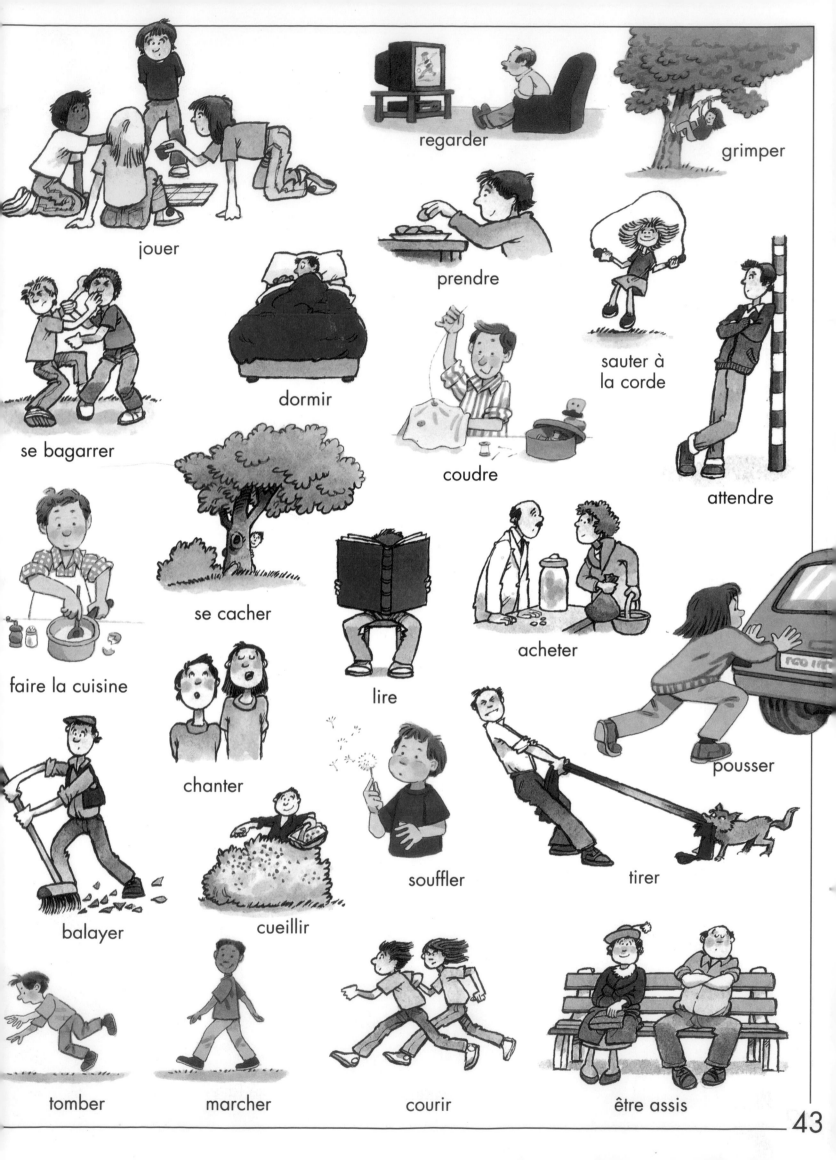

jouer

regarder

grimper

se bagarrer

dormir

prendre

coudre

sauter à
la corde

attendre

faire la cuisine

se cacher

lire

acheter

pousser

balayer

chanter

cueillir

souffler

tirer

tomber

marcher

courir

être assis

43

Les contraires

bien

mal

loin

près

froid

chaud

mouillé

sec

le haut

le bas

sur

sous

gros

maigre

sale

propre

ouvert

fermé

petit

grand

peu

beaucoup

premier

dernier

à gauche

44

dehors

dedans

facile

difficile

vide

plein

mou

dur

devant

haut

lent

rapide

derrière

bas

long

court

mort

vivant

sombre

clair

vieux

en haut

à droite

neuf

en bas

45

Les jours

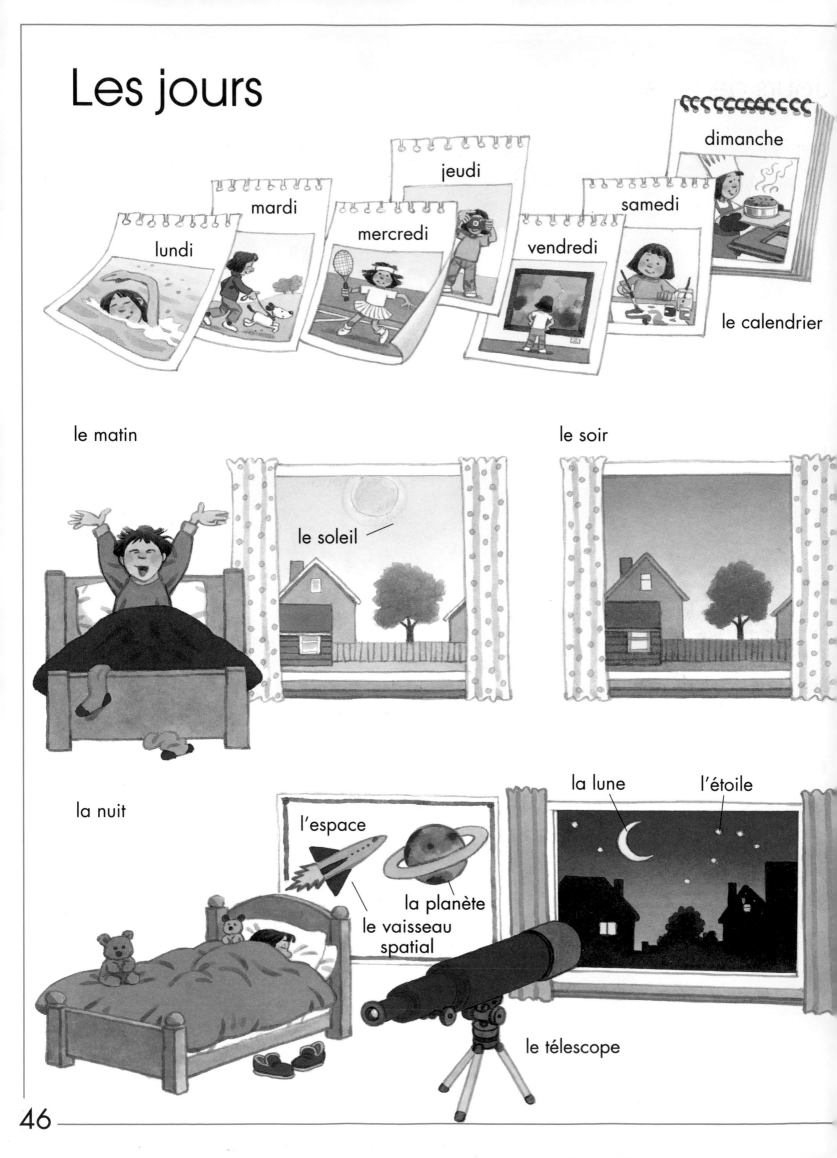

lundi

mardi

mercredi

jeudi

vendredi

samedi

dimanche

le calendrier

le matin

le soleil

le soir

la nuit

l'espace

la planète
le vaisseau
spatial

la lune

l'étoile

le télescope

Jours de fête

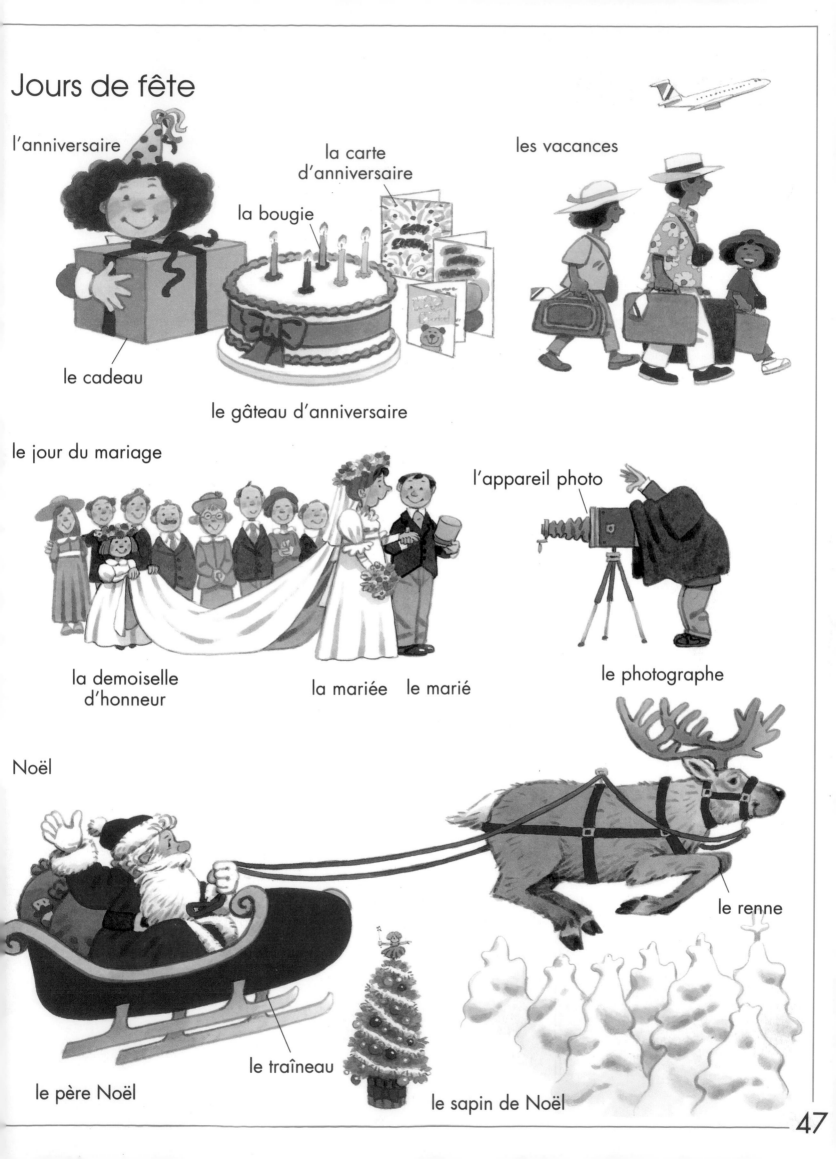

l'anniversaire

la carte d'anniversaire

la bougie

le cadeau

le gâteau d'anniversaire

les vacances

le jour du mariage

la demoiselle d'honneur

la mariée   le marié

l'appareil photo

le photographe

Noël

le renne

le traîneau

le père Noël

le sapin de Noël

47

Le temps

le soleil

les nuages

le ciel

le parapluie

la pluie

l'éclair

le brouillard

la neige

la rosée

le vent

la brume

le givre

l'arc-en-ciel

Les saisons

le printemps

l'été

l'automne

l'hiver

48

Les animaux familiers

le hamster

la vétérinaire

la niche

le cochon d'Inde

le chiot

le chien

la perruche

le perroquet

le bec

la nourriture

le lapin

le canari

la cage

le chat   le panier

la souris

le chaton

le lait

les poissons rouges

Les sports

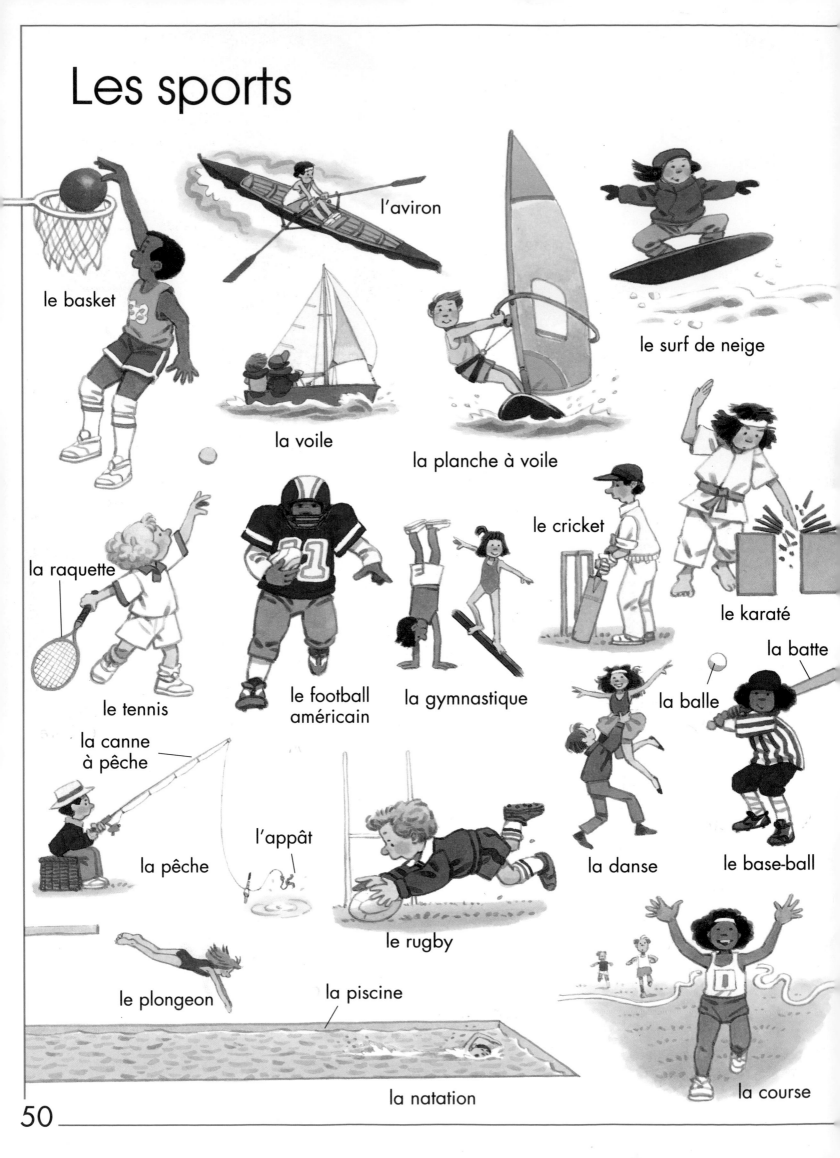

le basket

l'aviron

la voile

la planche à voile

le surf de neige

la raquette

le football américain

la gymnastique

le cricket

le karaté

la batte

la balle

le tennis

la canne à pêche

l'appât

le rugby

la danse

le base-ball

la pêche

le plongeon

la piscine

la natation

la course

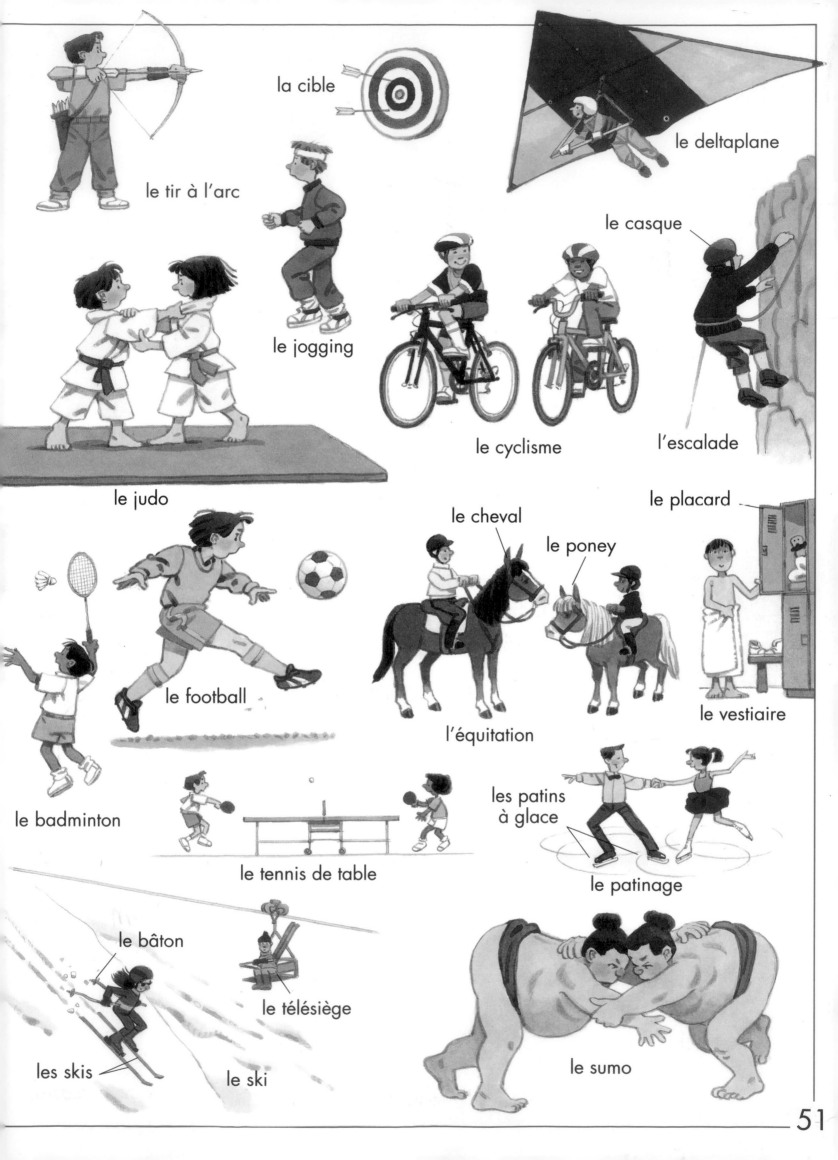

la cible

le tir à l'arc

le deltaplane

le jogging

le casque

le cyclisme

l'escalade

le judo

le cheval

le poney

le placard

le football

l'équitation

le vestiaire

le badminton

le tennis de table

les patins à glace

le patinage

le bâton

le télésiège

les skis

le ski

le sumo

Les couleurs

orange

vert

noir

gris

rouge

marron

rose

blanc

bleu

violet

jaune

Les formes

le rectangle

le cercle

le losange

le cône

le cube

l'étoile

l'ovale

le triangle

le carré

le croissant

Les nombres

1	un
2	deux
3	trois
4	quatre
5	cinq
6	six
7	sept
8	huit
9	neuf
10	dix
11	onze
12	douze
13	treize
14	quatorze
15	quinze
16	seize
17	dix-sept
18	dix-huit
19	dix-neuf
20	vingt

La fête foraine

la grande roue

le manège

le paillasson

le toboggan géant

le train fantôme

le pop-corn

les anneaux

les montagnes russes

le tir à la carabine

les autos tamponneuses

la barbe à papa

Le cirque

le funambule

la perche

le trapèze

le fil

le cycliste acrobate

l'échelle de corde

le filet

le lapin

le dresseur

les acrobates

le chien

le cerceau

le haut-de-forme

le jongleur

le noeud papillon

l'orchestre

l'écuyère

le clown

55

Word list

In this list, you can find all the French words in this book. They are listed in alphabetical order. Next to each one, you can see its pronunciation (how to say it) in letters *like this*, and then its English translation.

Remember that French nouns (words for things) are either masculine or feminine (see page 3). In the list, each one has **le**, **la**, **l'** or **les** in front of it. These all mean "the". The words with **le** are masculine, those with **la** are feminine.

French nouns that begin with "a", "e", "i", "o" or "u", and many that begin with an "h", have **l'** in front of them. At the end, you will see **(m)** or **(f)** to show if the word is masculine or feminine. Plural nouns (a noun is plural if you are talking about more than one, for example "cats") have **les** in front. These are also followed by **(m)** or **(f)**.

About French pronunciation
Read the pronunciation as if it were an English word, but try to remember the following points about how French words are said:

the French **j** is said like the "s" in "treasure";

when you see *(n)* or *(m)* in a pronunciation, you should barely say the "n" or "m"; say the letter that is before it through your nose, as if you had a cold;

the French **r** is made at the back of the throat and sounds a little like gargling;

the French **u** is not like any sound in English. It is a little like a cross between the "ew" of "few" and the "oo" of "food". To say it, round your lips to say "oo", then try to say "ee"; the pronunciations use the letters "ew" to show this sound.

A

l'abeille (f)	*labbay*	bee
l'abricot (m)	*labreeko*	apricot
acheter	*a-shuh-tai*	to buy
l'acrobate (m/f)	*la-kro-bat*	acrobat (man/woman)
l'acteur (m)	*lak-ter*	actor
l'action (f)	*lak-see-o(n)*	action
l'actrice (f)	*lak-treess*	actress
l'aéroport (m)	*la-ai-roppor*	airport
l'agent de police (m)	*la-jo(n) duh poleess*	policeman
l'agneau (m)	*lan-yo*	lamb
l'aigle (m)	*laigl*	eagle
l'aile (f)	*lail*	wing
les algues (f)	*lez alg*	seaweed
les allumettes (f)	*lez allewmett*	matches
l'alphabet (m)	*lalfa-bai*	alphabet
l'ambulance (f)	*lo(m)bewla(n)ss*	ambulance
l'ampoule (f)	*lo(m)pool*	bulb (light)
l'animal familier (m)	*lanneemal fammeel-yai*	pet
l'ananas (m)	*la-na-na*	pineapple
l'âne (m)	*lan*	donkey
les anneaux (m)	*lez annaw*	hoop-la
l'anniversaire (m)	*lannee-vair-sair*	birthday
l'antenne de télévision (f)	*lo(n)tenn duh tailaiveez-yo(n)*	TV aerial
l'appareil photo (m)	*lappa-ray fotto*	camera
l'appât (m)	*lappa*	bait
l'appentis (m)	*la-po(n)tee*	shed
l'aquarium (m)	*lakwaree-om*	aquarium
l'araignée (f)	*la-renn-yai*	spider
l'arbre (m)	*lar-br*	tree
l'arc (m)	*lar-k*	bow
l'arc-en-ciel (m)	*lar-ko(n)-see-el*	rainbow
l'argent (m)	*lar-jo(n)*	money
l'armoire (f)	*lar-mwar*	wardrobe
l'arrosoir (m)	*la-rozwar*	watering can
l'artiste (m/f)	*lar-teest*	artist (man/woman)
l'ascenseur (m)	*lasso(n)-ser*	lift
l'aspirateur (m)	*lass-peera-ter*	vacuum cleaner
l'assiette (f)	*lassee-yet*	plate
l'astronaute (m/f)	*lass-tronnawt*	spaceman/woman
l'atelier (m)	*lattuh-lee-yai*	workshop
attendre	*atto(n)dr*	to wait
attraper	*attra-pai*	to catch
l'autobus (m)	*lotto-bewss*	bus
l'automne (m)	*lo-tonn*	autumn
les autos tamponneuses (f)	*lez otto to(m)ponnerz*	dodgems
l'autruche (f)	*law-trewsh*	ostrich
l'avion (m)	*lav-yo(n)*	plane

B

le bac à sable	*luh bak-assabl*	sandpit
le badge	*luh badj*	badge
le badminton	*luh bad-meen-ton*	badminton
la bague	*la bag*	ring
les baguettes (f)	*lai baggett*	chopsticks
la baignoire	*la bai-nwar*	bath
le balai	*luh ballai*	broom
le balai à franges	*luh ballai-a-fro(n)j*	mop
la balance	*la ballo(n)ss*	scales
la balançoire	*la ballo(n)-swar*	seesaw
les balançoires (f)	*lai ballo(n)-swar*	swings
balayer	*ballai-yai*	to sweep
la baleine	*la ballenn*	whale
la balle	*la bal*	ball (small)
le ballon	*luh ballo(n)*	ball (large), balloon
la banane	*la bannan*	banana
le banc	*luh bo(n)*	bench
la bande	*la bon(n)d*	bandage
la barbe à papa	*la bar-ba pappa*	candy floss
la barque	*la bar-rk*	rowing boat
la barrière	*la bar-yair*	gate

French	Pronunciation	English
bas	ba	low
le bas	luh ba	bottom (not top)
le base-ball	luh baiz-boll	baseball
le basket	luh bass-ket	basketball
le bateau	luh battaw	boat
le bateau à voiles	luh battaw a vwal	sailing boat
le bateau de pêche	luh battaw duh paish	fishing boat
le bâton	luh batto(n)	stick
le bâton (de ski)	luh batto(n) (duh skee)	ski pole
les bâtons de maquillage (m)	lai batto(n) duh makee-yaj	facepaints
la batte	la bat	bat
la batterie	la bat-ree	battery
la BD	la bai-dai	comic book
beaucoup	baw-koo	many
le bébé	luh baibai	baby
le bec	luh bek	beak
la bêche	la baish	spade
les béquilles (f)	lai bekee-yuh	crutches
le berger	luh bair-jai	shepherd
la bergère	la bair-jair	shepherdess
le beurre	luh burr	butter
la bicyclette	la bee-seeklett	bicycle
bien	bee-ya(n)	good
les billes (f)	lai bee-yuh	marbles
la billetterie	la bee-yet-uhree	ticket machine
la binette	la beennet	hoe
le biscuit	luh beess-kwee	biscuit
le bison	luh beezo(n)	bison
le blaireau	luh blai-raw	badger
blanc	blo(n)	white
bleu	bluh	blue
le blouson	luh bloo-zo(n)	jacket
les bocaux (m)	lai bokkaw	jars
boire	bwar	to drink
le bois	luh bwa	wood
la boîte	la bwatt	box
la boîte à outils	la bwa-ta-ootee	toolbox
la boîte de conserve	la bwatt duh ko(n)sairv	tin
la boîte de peinture	la bwatt duh pa(n)tewr	paintbox
le bol	luh bol	bowl
le bonbon	luh bo(n)bo(n)	sweet
la botte	la bot	boot (to wear)
la botte de paille	la bot duh pie	straw bale
la bouche	la boosh	mouth
le boucher	luh booshai	butcher (man)
la bouchère	la booshair	butcher (woman)
la boucle	la bookl	buckle
la boue	la boo	mud
la bougie	la boo-jee	candle
la bouilloire	la booy-war	kettle
le boulanger	luh boolo(n)-jai	baker (man)
la boulangère	la boolo(n)-jair	baker (woman)
le boulon	luh boolo(n)	bolt
la bouteille	la boo-tay	bottle
le bouton	luh booto(n)	button
les boutonnières (f)	lai boo-ton-yair	button holes
le bras	luh bra	arm
la brique	la breek	brick
la brosse	la bross	brush
la brosse à cheveux	la brossa-shuh-vuh	hairbrush
la brosse à dents	la brossa-do(n)	toothbrush
la brouette	la broo-ett	wheelbarrow
le brouillard	luh broo-yar	fog
la brume	la brewm	mist
le buisson	luh bwee-so(n)	bush
le bulldozer	luh bewl-daw-zair	bulldozer
le bureau	luh bew-raw	desk

C

French	Pronunciation	English
le caddie	luh kaddee	trolley
le cadeau	luh kaddaw	present (gift)
le café	luh kaffai	café, coffee
la cage	la kaj	cage
le cahier	luh ka-yai	notebook
la caisse	la kess	checkout
le calcul	luh kal-kewl	sums
le calendrier	luh kallo(n)-dree-yai	calendar
le camion	luh kam-yo(n)	lorry
le camion de pompiers	luh kam-yo(n) duh po(m)p-yai	fire engine
le camion-citerne	luh kam-yo(n) seetairn	tanker (lorry)
la camionnette	la kam-yonnett	van
la campagne	la ko(m)-pan-yuh	countryside
le canal	luh kannal	canal
le canapé	luh kannapai	sofa
le canard	luh kannar	duck
le canari	luh kannaree	canary
le caneton	luh kan-to(n)	duckling
le canif	luh kanneef	penknife
la canne	la kan	walking stick
la canne à pêche	la kanna pesh	fishing rod
le canot à moteur	luh kannaw-a-motter	motor-boat
le capot	luk kappo	bonnet (car)
la caravane	la ka-ra-van	caravan
la carotte	ka-rot	carrot
le carré	luh karrai	square
les carreaux (m)	lai karro	tiles
la carte	la kar-t	card, map
la carte d'anniversaire	la kar-t dannee-vair-sair	birthday card
la cascade	la kass-kad	waterfall
le casque	luh kask	helmet
la casquette	la kass-ket	cap
casser	kassai	to break
la casserole	la kass-rol	saucepan
la cassette	la kassett	cassette
la cassette vidéo	la kassett veedai-o	video (cassette)
le castor	luh kass-tor	beaver
le CD	luh sai-dai	CD (compact disc)
la ceinture	la sa(n)tewr	belt
le céleri	luh sell-ree	celery
le cerceau	luh sair-saw	hoop
le cercle	luh sairkl	circle
les céréales (f)	lai sai-rai-al	cereal
le cerf	luh sair	deer
le cerf-volant	luh sair vollo(n)	kite
la cerise	la suh-reez	cherry
la chaise	la shaiz	chair
la chambre	la sho(m)br	bedroom
le champ	luh sho(m)	field
le champignon	luh sho(m)peen-yo(n)	mushroom
chanter	sho(n)tai	to sing
le chanteur	luh sho(n)-ter	singer (man)
la chanteuse	la sho(n)-terz	singer (woman)
le chapeau	luh shappo	hat
le chapeau de paille	luh shappo duh pie	straw hat

French	Pronunciation	English
la charrette	*la sharrett*	cart
la charrue	*la sharrew*	plough
le chat	*luh sha*	cat
le château de sable	*luh shatto duh sabl*	sandcastle
le château fort	*luh shatto for*	castle
le chaton	*luh shatto(n)*	kitten
chaud	*shaw*	hot
le chauffeur de camion	*luh shoffer duh kam-yo(n)*	lorry driver (man/woman)
la chaussette	*la shossett*	sock
la chaussure	*la shossewr*	shoe
la chauve-souris	*la shawv-sooree*	bat
le chemin	*luh shuh-ma(n)*	path, lane
la cheminée	*la shuh-meenai*	chimney
la chemise	*la shuh-meez*	shirt
la chemise de nuit	*la shuh-meez duh nwee*	nightdress
la chenille	*la shuh-nee-yuh*	caterpillar
le cheval	*luh shuh-val*	horse
le cheval à bascule	*luh shuh-val a baskewl*	rocking horse
les cheveux (m)	*lai shuh-vuh*	hair
la chèvre	*la shaivr*	goat
le chien	*luh shee-a(n)*	dog
le chien de berger	*luh shee-a(n) duh bair-jai*	sheepdog
le chiffon	*luh shee-fo(n)*	duster, rag
le chiot	*shee-o*	puppy
les chips (f)	*lai sheeps*	crisps
le chocolat	*luh sho-ko-la*	chocolate
le chocolat chaud	*luh sho-ko-la shaw*	hot chocolate
le chou	*luh shoo*	cabbage
le chou-fleur	*luh shoo-fler*	cauliflower
la cible	*la seebl*	target
le ciel	*luh see-ell*	sky
le cinéma	*luh seenaima*	cinema
cinq	*sank*	five
le cirque	*luh seerk*	circus
les ciseaux (m)	*lai seezaw*	scissors
le citron	*luh seetro(n)*	lemon
la citrouille	*la seetroo-yuh*	pumpkin
clair	*klair*	light (not dark)
la clé	*la klai*	key
la clef	*la klai*	spanner
la clémentine	*la klemmo(n)-teen*	clementine
la clôture	*la klaw-tewr*	railings
le clown	*luh kloon*	clown
le clou	*luh kloo*	nail
la coccinelle	*la kok-see-nell*	ladybird
le cochon	*luh ko-sho(n)*	pig
le cochon d'Inde	*luh ko-sho(n) da(n)d*	guinea pig
le coffre	*luh kofr*	boot (of car)
le coiffeur	*luh kwa-fer*	hairdresser (man)
la coiffeuse	*la kwa-ferz*	hairdresser (woman)
le collant	*luh ko-lo(n)*	tights
la colle	*la kol*	glue
le collier	*luh kol-yai*	necklace
la colline	*la kolleen*	hill
la commode	*la ko-mod*	wardrobe
le comprimé	*luh ko(m)pree-mai*	pill
le concombre	*luh ko(n)-ko(m)br*	cucumber
le conducteur d'autobus	*luh ko(n)-dewkter daw-taw-bewss*	bus driver (man)
la conductrice d'autobus	*la ko(n)-dewktreess daw-taw-bewss*	bus driver (woman)
le cône	*luh kawn*	cone
la confiture	*la ko(n)fee-tewr*	jam
le contraire	*luh ko(n)trair*	opposite
le contrôleur	*luh ko(n)traw-ler*	ticket inspector (man)
la contrôleuse	*la ko(n)traw-lerz*	ticket inspector (woman)
les copeaux (m)	*lai koppaw*	(wood) shavings
le coq	*luh kok*	cock
le coquillage	*luh ko-kee-yaj*	shell
la corbeille à papier	*la kor-bay a pap-yai*	wastepaper bin
la corde	*la kord*	rope
la corde à sauter	*la kord-a-sawtai*	skipping rope
le coton	*luh ko-to(n)*	cotton wool
le cou	*luh koo*	neck
la couche	*la koosh*	nappy
le coude	*luh kood*	elbow
coudre	*koodr*	to sew
la couette	*la koo-ett*	duvet
la couleur	*la koo-ler*	colour
couper	*koo-pai*	to cut, to chop
la cour de récréation	*la koor duh rekrai-ass-yo(n)*	playground
courir	*kooreer*	to run
la course	*la koorss*	race
court	*koor*	short
le cousin	*luh kooza(n)*	cousin (boy)
la cousine	*la koozeen*	cousin (girl)
le coussin	*luh koo-sa(n)*	cushion
le couteau	*luh koo-taw*	knife
le crabe	*luh krab*	crab
la craie	*la krai*	chalk
le crapaud	*luh kra-paw*	toad
la cravate	*la kra-vat*	tie
le crayon	*luh krai-yo(n)*	pencil
les crayons cire (m)	*lai krai-yo(n) seer*	crayons
la crème	*la krem*	cream
la crêpe	*la kraip*	pancake
creuser	*kruh-zai*	to dig
le cricket	*luh kree-ket*	cricket (sport)
le crocodile	*luh kro-ko-deel*	crocodile
le croissant	*luh krwa-so(n)*	crescent
le cube	*luh kewb*	cube
les cubes (m)	*lai kewb*	(playing) bricks
cueillir	*kuh-yeer*	to pick
la cuillère en bois	*la kwee-yair o(n) bwa*	wooden spoon
la cuisine	*la kwee-zeen*	kitchen
le cuisinier	*luh kwee-zeen-yai*	cook (man)
la cuisinière	*la kwee-zeen-yair*	cooker, cook (woman)
le cyclisme	*luh see-kleessm*	cycling
le/la cycliste acrobate	*luh/la see-kleest akro-bat*	trick cyclist (man/woman)
le cygne	*luh seen-yuh*	swan

D

French	Pronunciation	English
la dame	*la dam*	woman, lady
la danse	*la do(n)ss*	dance
danser	*do(n)sai*	to dance
le danseur	*luh do(n)-ser*	dancer (man)
la danseuse	*la do(n)-serz*	dancer (woman)
le dauphin	*luh daw-fa(n)*	dolphin
dedans	*duhdo(n)*	in, inside
les déguisements (m)	*lai dai-guee-zuh-mo(n)*	fancy dress
dehors	*duh-or*	out, outside
le déjeuner	*dai-juh-nai*	lunch, dinner (lunchtime meal)
le deltaplane	*delta-plan*	hang-gliding
la demoiselle d'honneur	*la duh-mwa-zel do-ner*	bridesmaid
le dentifrice	*luh do(n)tee-freess*	toothpaste
le/la dentiste	*luh/la do(n)teest*	dentist (man/woman)
la dent	*la do(n)*	tooth
la dépanneuse	*la depannerz*	breakdown lorry
le déplantoir	*luh deplo(n)-twar*	trowel

dernier	*dairn-yai*	last
le derrière	*luh dair-yair*	bottom (of body)
les dés (m)	*lai dai*	dice
la descente de lit	*la desso(n)t duh lee*	rug
le dessert	*luh dessair*	pudding, dessert
le dessin	*luh dessa(n)*	drawing
deux	*duh*	two
devant	*duhvo(n)*	front
difficile	*dee-fee-seel*	difficult
dimanche	*dee-mo(n)sh*	Sunday
le dindon	*luh da(n)-do(n)*	turkey
le dîner	*luh deenai*	supper, dinner (evening meal)
dix	*deess*	ten
dix-huit	*deez-weet*	eighteen
dix-neuf	*deez-nerf*	nineteen
dix-sept	*deesset*	seventeen
le docteur	*luh dokter*	doctor
le doigt	*luh dwa*	finger
le doigt de pied	*luh dwa duh p-yai*	toe
dormir	*dor-meer*	to sleep
le dos	*luh daw*	back (of body)
la douche	*la doosh*	shower
douze	*dooz*	twelve
le drap	*luh dra*	sheet
le drapeau	*luh dra-paw*	flag
le dresseur	*luh dress-er*	ring master
à droite	*a drwat*	(on/to the) right
le dromadaire	*luh dromma-dair*	dromedary
dur	*dewr*	hard

E

l'eau (f)	*law*	water
l'écharpe (f)	*laisharp*	scarf
l'échelle (f)	*laishell*	ladder
l'échelle de corde (f)	*laishell duh kord*	rope ladder
l'éclair (m)	*lai-klair*	lightning
l'écluse (f)	*lai-klewz*	lock (on canal)
l'école (f)	*lai-koll*	school
écouter	*aikootai*	to listen
écrire	*aikreer*	to write
l'écrou (m)	*laikroo*	nut (nuts and bolts)
l'écureuil (m)	*laikew-ruh-yuh*	squirrel
l'écurie (f)	*laikew-ree*	stable
l'écuyer (m)	*laikweeyai*	(bareback) rider (man)
l'écuyère (f)	*laikweeyair*	(bareback) rider (woman)
l'éléphant (m)	*lailaifo(n)*	elephant
en bas	*o(n) ba*	downstairs
l'enfant (m/f)	*lo(n)fo(n)*	child
en haut	*o(n)-aw*	upstairs
l'entrée (f)	*lo(n)trai*	hall
l'éolienne (f)	*lai-ol-yen*	windmill
l'épaule (f)	*lai-pawl*	shoulder
les épinards (m)	*lez aipeenar*	spinach
l'éponge (f)	*laipo(n)j*	sponge
l'épouvantail (m)	*laipoo-vo(n)-tie*	scarecrow
l'équitation (f)	*laikeetass-yo(n)*	riding
l'escalade (f)	*leska-lad*	climbing
l'escalier (m)	*leskal-yai*	stairs, staircase
l'escargot (m)	*leskar-gaw*	snail
l'espace (m)	*lespass*	space
l'essence (f)	*lesso(n)ss*	petrol
l'étable (f)	*laita-bl*	cowshed
l'établi (m)	*laita-blee*	workbench
l'étau (m)	*lettaw*	vice
l'été (m)	*lettai*	summer

l'étoile (f)	*letwal*	star
l'étoile de mer (f)	*letwal duh mair*	starfish
être assis	*aitr assee*	to sit
l'évier (m)	*lev-yai*	sink

F

facile	*fa-seel*	easy
le facteur	*luh fakter*	postman
la factrice	*la faktreess*	postwoman
faire	*fair*	to make
faire la cuisine	*fair la kwee-zeen*	to cook
la falaise	*la fa-laiz*	cliff
la famille	*la fa-mee-yuh*	family
la farine	*la fa-reen*	flour
le fauteuil roulant	*luh fawtuh-yuh roolo(n)*	wheelchair
la femme	*la fam*	woman, wife
la fenêtre	*la fuh-naitr*	window
le fer à repasser	*luh faira-ruhpassai*	iron
la ferme	*la fairm*	farm, farmhouse
fermé	*fairmai*	closed
la fermeture éclair	*la fairmuh-tewr eklair*	zip
le fermier	*luh fairm-yai*	farmer (man)
la fermière	*la fairm-yair*	farmer (woman)
la fête	*la fait*	party
la fête foraine	*la fait forain*	fair, fairground
le feu	*luh fuh*	fire
le feu de signalisation	*luh fuh duh seen-ya-leezasseeo(n)*	traffic lights
la feuille	*la fer-yuh*	leaf
les feutres (m)	*lai fuhtr*	felt-tips
les feux d'artifice (m)	*lai fuh da-rteefeess*	fireworks
les feux de signalisation (m)	*lai fuh duh seen-ya-leezasseeo(n)*	signals (railway)
la ficelle	*la fee-sell*	string
la figure	*la fee-gewr*	face
le fil	*luh feel*	thread
le filet	*luh fee-lai*	net
la fille	*la fee-yuh*	girl, daughter
le fils	*luh feess*	son
la flaque d'eau	*la flak daw*	puddle
la flèche	*la flesh*	arrow
la fleur	*la fler*	flower
la flûte	*la flewt*	flute
le foin	*luh fwa(n)*	hay
le football	*luh foot-bol*	football
le football américain	*luh foot-bol a-maireeka(n)*	American football
la forêt	*la forrai*	forest
la forme	*la form*	shape
la fourche	*la foorsh*	(garden) fork
la fourchette	*la foorshett*	fork
la fraise	*la fraiz*	strawberry
la framboise	*la fro(m)-bwaz*	raspberry
le frère	*luh frair*	brother
les frites (f)	*lai freet*	chips
froid	*frwa*	cold
le fromage	*luh frommaj*	cheese
le fruit	*luh frwee*	fruit
la fumée	*la few-mai*	smoke
le/la funambule	*luh/la few-no(m)-bewl*	tightrope walker (man/woman)
la fusée	*la few-zai*	rocket
le fusil	*luh fewzee*	gun

G

le galet	*luh gallai*	pebble
le gant	*luh gu(n)*	glove
le garage	*luh ga-raj*	garage

le garçon	luh gar-so(n)	boy
la gare	la gar	station
le gâteau	luh ga-taw	cake
le gâteau d'anniversaire	luh ga-taw dannee-vair-sair	birthday cake
à gauche	a gawsh	(on/to) the left
le genou	luh juh-noo	knee
les gens (m/f)	lai jo(n)	people
le gilet	luh jee-lai	cardigan
la girafe	la jee-raf	giraffe
le givre	luh jeevr	frost
la glace	la glahss	ice cream
la gomme	la gom	rubber
le gorille	luh goree-yuh	gorilla
la graine	la grenn	seed
grand	gro(n)	big
la grand-mère	la gro(n)-mair	grandmother
le grand-père	luh gro(n) pair	grandfather
la grande roue	la gro(n)d roo	big wheel
la grange	la gro(n)j	barn
le grenier	luh gruhn-yai	attic
la grenouille	la gruh-noo-yuh	frog
grimper	gra(m)pai	to climb
gris	gree	grey
gros	graw	fat
la grue	la grew	crane
la guêpe	la gaip	wasp
la guirlande	la geer-lo(n)d	paper chains
la guitare	la gee-tarr	guitar
la gymnastique	la jeem-nasteek	gym

H

la hache	la ash	axe
la haie	la ai	hedge
le hamburger	luh a(m)boor-ger	hamburger
le hamster	luh am-stair	hamster
le haricot	luh aree-kaw	bean
l'harmonica (m)	larmoneeka	harmonica
haut	aw	high
le haut	luh aw	top
le haut-de-forme	luh aw duh form	top hat
l'hélicoptère (m)	lellee-koptair	helicopter
l'herbe (f)	lairb	grass
le hérisson	luh airee-so(n)	hedgehog
le hibou	luh eeboo	owl
l'hippopotame (m)	leepo-pottam	hippopotamus
l'hiver (m)	lee-vair	winter
l'homme-grenouille (m)	lom gruhnoo-yuh	frogman
l'hôpital (m)	law-peetal	hospital
l'hôtel (m)	law-tell	hotel
l'hôtesse de l'air (f)	lawtess duh lair	air hostess
l'huile (f)	lweel	oil
huit	weet	eight

I

l'île (f)	leel	island
l'immeuble (m)	lee-merbl	block of flats
l'infirmier (m)	la(n)feerm-yai	nurse (man)
l'infirmière (f)	la(n)feerm-yair	nurse (woman)
l'instituteur (m)	la(n)stee-tewter	teacher (man)
l'institutrice (f)	la(n)stee-tewtreess	teacher (woman)
l'interrupteur (m)	la(n)terrewp-ter	switch

J

la jambe	la jo(m)b	leg
le jambon	luh jo(m)bo(n)	ham
le jardin	luh jarda(n)	garden

le jardin public	luh jarda(n) pewbleek	park
jaune	jawn	yellow
le jean	luh djeen	jeans
jeudi	juhdee	Thursday
le jogging	luh djogeeng	jogging
le jongleur	luh jo(n)gl-er	juggler (man)
la jongleuse	la jo(n)glerz	juggler (woman)
la joue	la joo	cheek
jouer	joo-ai	to play
le jouet	luh joo-ai	toy
le journal	luh joor-nal	newspaper
le jour	le joor	day
le jour de fête	luh joor duh fait	(public) holiday, festival
le jour du mariage	luh joor dew marree-aj	wedding day
le judo	luh jew-daw	judo
le juge	luh jewj	judge (man/ woman)
la jupe	la jewp	skirt
le jus de fruits	luh jew duh frwee	fruit juice

K

le kangourou	luh ko(n)-gooroo	kangaroo
le karaté	luh karatai	karate
le kayak	luh kayak	kayak
le ketchup	luh ketchup	tomato sauce

L

le lac	luh lak	lake
le lacet	luh lassai	shoelace
la laisse	la less	lead
le lait	luh lai	milk
la laitue	la laitew	lettuce
le lampadaire	luh lo(m)pa-dair	street lamp
la lampe	la lo(m)p	lamp
lancer	lo(n)sai	to throw
le landau	luh lo(n)daw	push-chair
la langue	la lo(n)g	tongue
le lapin	luh la-pa(n)	rabbit
le lavabo	luh la-vabbaw	washbasin
le lavage-auto	luh la-vaj-otto	car wash
le lave-linge	luh lav-la(n)j	washing machine
le légume	luh legewm	vegetable
lent	lo(n)	slow
le léopard	luh lai-opar	leopard
la lettre	la letr	letter
la lèvre	la laivr	lip
le lézard	luh lezar	lizard
la lime	la leem	file
le lion	luh lee-o(n)	lion
le lionceau	luh lee-o(n)saw	lion cub
lire	leer	to read
le lit	luh lee	bed
le livre	luh leevr	book
la locomotive	la lo-ko-moteev	(train) engine
loin	lwa(n)	far
long	lo(n)	long
le losange	luh lo-zo(n)j	diamond
le loup	luh loo	wolf
lundi	lu(n)dee	Monday
la lune	la lewn	moon

M

le magasin	luh magga-za(n)	shop
le magasin de jouets	luh magga-za(n) duh joo-ai	toyshop
maigre	maigr	thin

le maillot de bain	luh ma-yo duh ba(n)	swimsuit
le maillot de corps	luh ma-yo duh kor	vest
la main	la ma(n)	hand
la maison	la mai-zo(n)	house
la maison de poupée	la mai-zo(n) duh poopai	doll's house
mal	mal	bad
le manchot	luh mo(n)-shaw	penguin
le manège	luh man-aij	roundabout
manger	mo(n)jai	to eat
le manteau	luh mo(n)taw	coat
la mappemonde	la map-mo(n)d	globe
le marché	luh mar-shai	market
marcher	mar-shai	to walk
la marche	la ma-rsh	step
la mare	la mar	pond
mardi	mar-dee	Tuesday
le mari	luh ma-ree	husband
le marié	luh ma-ree-ai	bridegroom
la mariée	la ma-ree-ai	bride
le marin	luh ma-ra(n)	sailor
la marionnette	la ma-ree-onett	puppet
marron	ma-ro(n)	brown
le marteau	luh ma-rtaw	hammer
le marteau piqueur	luh ma-rtaw pee-ker	drill
le masque	luh ma-sk	mask
le matin	luh ma-ta(n)	morning
le mécanicien	luh mekka-neess-ya(n)	mechanic, train driver (man)
la mécanicienne	la mekka-neess-yen	mechanic, train driver (woman)
le médicament	luh meddee-kahmo(n)	medicine
le melon	luh muhlo(n)	melon
le menton	luh mo(n)to(n)	chin
le menuisier	luh muhn-weez-yai	carpenter
la mer	la mair	sea
mercredi	mair-kruh-dee	Wednesday
la mère	la mair	mother
le mètre	luh maitr	tape measure
la meule de foin	la merl duh fwa(n)	haystack
le miel	luh mee-ell	honey
le miroir	luh meer-wahr	mirror
moi	mwa	me
le monsieur	luh muhss-yuh	man
la montagne	la mo(n)-tan-yuh	mountain
les montagnes russes (f)	lai mo(n)-tan-yuh rewss	big dipper
la montgolfière	la mo(n)golf-yair	hot-air balloon
la montre	la mo(n)tr	watch
la moquette	la mo-kett	carpet
le morceau de bois	luh mor-saw duh bwa	wood
mort	mor	dead
le moteur	maw-ter	engine
la moto	la mawtaw	motorcycle
mou	moo	soft
la mouche	la moosh	fly
le mouchoir	luh moosh-wahr	handkerchief
le mouchoir en papier	luh moosh-wahr o(n) pap-yai	tissue
mouillé	moo-yai	wet
la mouette	la moo-ett	seagull
le mouton	luh moo-to(n)	sheep
le mur	luh mewr	wall

N

la nappe	la nap	tablecloth
la natation	la na-tass-yo(n)	swimming
le navire	luh na-veer	ship
la neige	la naij	snow
neuf	nerf	new, nine

le nez	luh nai	nose
la niche	la neesh	kennel
le nid	luh nee	nest
Noël	no-ell	Christmas
le noeud papillon	luh nuh papee-yo(n)	bow tie
noir	nwar	black
le nombre	luh no(m)br	number
la nourriture	la nooree-tewr	food
le nuage	luh new-aj	cloud
la nuit	la nwee	night

O

l'oeil (m)	ler-yuh	eye
l'oeuf (m)	lerf	egg
l'oeuf à la coque (m)	lerf-alla-kok	boiled egg
l'oeuf au plat (m)	lerf-awpla	fried egg
l'oie (f)	lwa	goose
l'oignon (m)	lonn-yo(n)	onion
l'oiseau (m)	lwa-zaw	bird
l'omelette (f)	lom-let	omelette
l'oncle (m)	lo(n)kl	uncle
onze	o(n)z	eleven
orange	oro(n)j	orange (colour)
l'orange (f)	oro(n)j	orange (fruit)
l'orchestre (m)	lor-kestr	orchestra
l'ordinateur (m)	lordee-na-ter	computer
les ordures (f)	lez ordewr	rubbish
l'oreille (f)	lo-ray	ear
l'oreiller (m)	lorai-yai	pillow
l'os (m)	loss	bone
l'ours (m)	loorss	bear
l'ours blanc (m)	loorss blo(n)	polar bear
l'ours en peluche (m)	loorss o(n) plewsh	teddy bear
ouvert	oovair	open
l'ovale (m)	lo-val	oval

P

la pagaie	la paggai	paddle
la paille	la pie	(drinking) straw
le pain	luh pa(n)	bread
le pain grillé	luh pa(n) gree-yai	toast
le paillasson	luh pie-ya-so(n)	mat
la palissade	la pallee-sad	fence
les palmes (f)	lai palm	flippers
le pamplemousse	luh po(m)pl-mooss	grapefruit
le panda	luh po(n)-da	panda
le panier	luh pan-yai	basket
le pansement	luh po(n)s-mo(n)	bandage
le pantalon	luh po(n)-ta-lo(n)	trousers
la pantoufle	lai po(n)toofl	slipper
le papier	luh pap-yai	paper
le papier de verre	luh pap-yai duh vair	sandpaper
le papier hygiénique	luh pap-yai ee-jyaineek	toilet paper
le papillon	luh pa-pee-yo(n)	butterfly
le papillon de nuit	luh pa-pee-yo(n) duh nwee	moth
le paquet de lessive	luh pa-kai duh lesseev	washing powder
le parachute	luh pa-ra-shewt	parachute
le parapluie	luh pa-ra-plwee	umbrella
le parasol	luh pa-ra-sol	beach umbrella
parler	pa-rlai	to talk
le passage pour piétons	luh pa-saj poor pee-ai-to(n)	crossing
la pâte à modeler	la pat a mo-duh-lai	playdough
le patinage	luh pa-tee-nahj	ice-skating
le patin à glace	luh pa-ta(n) a glas	ice skate
la patte	la pat	paw
la pêche	la paish	fishing

le pêcheur	luh pesh-er	fisherman
le peigne	luh penn-yuh	comb
peindre	pa(n)dr	to paint
le peintre	luh pa(n)tr	painter
le pélican	luh pelleeko(n)	pelican
la pelle	la pell	spade
la pelle à ordures	la pell a ordewr	dustpan
la pendule	la po(n)dewl	clock
la péniche	la penneesh	barge
penser	po(n)sai	to think
la perceuse	la pair-suhz	drill
le père	luh pair	father
le père Noël	luh pair no-ell	Father Christmas
la perle	la perl	bead
le perroquet	luh perrokai	parrot
la perruche	la perrewsh	budgerigar
petit	puh-tee	small
le petit déjeuner	luh puh-tee dai-juh-nai	breakfast
la petite cuillère	la puh-teet kwee-yair	teaspoon
le petit cochon	luh puhtee kosho(n)	piglet
le petit pain	luh puhtee pa(n)	bread roll
les petits pois (m)	lai puh-tee pwa	peas
le pétrolier	luh petrol-yai	petrol tanker (ship)
peu	puh	few
le phare	luh fahr	lighthouse
les phares (m)	lai fahr	headlights
le phoque	luh fok	seal
la photo	la fottaw	photograph
le/la photographe	luh/la fottaw-graf	photographer (man /woman)
le piano	luh pee-anno	piano
le pied	luh pee-ai	foot
la pierre	la pee-air	stone
le pigeon	luh pee-jo(n)	pigeon
le pilote	luh pee-lot	pilot
le pinceau	luh pa(n)-saw	paintbrush
le pique-nique	luh peek-neek	picnic
la piscine	la pee-seen	swimming pool
la piste	la peest	runway
la pizza	la peetza	pizza
le placard	luh pla-kahr	cupboard
le plafond	luh pla-fo(n)	ceiling
la plage	la plaj	beach
la planche	la plo(n)sh	plank
la planche à repasser	la plo(n)sh a ruh-passai	ironing board
la planche à roulettes	la plo(n)sh a roollett	skateboard
la planche à voile	la plo(n)sh a vwal	windsurfing
le plancher	luh plo(n)shai	floor
la planète	la pla-net	planet
la plante	la plo(n)t	plant
le plateau	luh pla-taw	tray
la plate-bande	la platt-bo(n)d	flower bed
le plâtre	luh platr	plaster
plein	pla(n)	full
pleurer	pluh-rai	to cry
le plongeon	luh plo(n)-jo(n)	diving
la pluie	la plwee	rain
la plume	la plewm	feather
le pneu	luh p-nuh	tyre
la poche	la posh	pocket
la poêle	la pwal	frying pan
la poignée	la pwan-yai	door handle
la poire	la pwar	pear
le poireau	luh pwa-ro	leek
le poisson	luh pwa-so(n)	fish
le poisson rouge	luh pwa-so(n) rooj	goldfish
la poitrine	la pwa-treen	chest (body)
le poivre	luh pwavr	pepper

la pomme	la pom	apple
la pomme de terre	la pom duh tair	potato
la pompe à essence	la po(m)pa esso(n)ss	petrol pump
le pompier	luh po(m)p-yai	fireman
le poney	luh ponnai	pony
le pont	luh po(n)	bridge
le pop-corn	luh pop-korn	popcorn
la porcherie	la por-shuh-ree	pigsty
la porte	la port	door
le portemanteau	luh port-mo(n)taw	peg (for clothes)
le porte-monnaie	luh port monnai	purse
porter	portai	to carry
le poster	luh poss-tair	poster
le pot de peinture	luh po duh pa(n)tewr	paint pot
le poteau indicateur	luh po-taw a(n)deeka-ter	signpost
le pot	luh po	jar
la poubelle	la poobell	dustbin
le pouce	luh pooss	thumb
le poulailler	luh poo-lie-yai	hen house
la poule	la pool	hen
le poulet	luh poollai	chicken
la poupée	la poo-pai	doll
pousser	poossai	to push
la poussette	la poossett	push-chair
le poussin	luh poossa(n)	chick
premier	pruhm-yai	first
prendre	pro(n)dr	to take
près	prai	near
le printemps	luh pra(n)-to(m)	spring (season)
propre	propr	clean
la prune	la prewn	plum
le pull-over	luh pewllo-vair	jumper
la punaise	la pewnaiz	tack, drawing pin
la purée	la pew-rai	mashed potatoes
le puzzle	luh puhzl	jigsaw
le pyjama	luh pee-jamma	pyjamas

Q

le quai	luh kai	platform
quatorze	ka-torz	fourteen
quatre	katr	four
la queue	la kuh	tail
quinze	ka(n)z	fifteen

R

le rabot	luh ra-bo	(wood) plane
le radiateur	luh rad-yat-er	radiator
la radio	la rad-yo	radio
les rails (m)	lai rye	railway track
le raisin	luh raiza(n)	grapes
la rame	la ram	oar
ramper	ro(m)pai	to crawl
rapide	ra-peed	fast
la raquette	la ra-ket	racket
le râteau	luh ra-to	rake
le rectangle	luh rek-to(n)gl	rectangle
le réfrigérateur	luh rai-free-jaira-ter	fridge
regarder	ruh-ga-rdai	to watch, to look
la règle	la raigl	ruler
la remorque	la ruh-mork	trailer
le renard	luh ruh-nar	fox
le renardeau	luh ruh-nar-do	fox cub
le renne	luh renn	reindeer
le requin	luh ruh-ka(n)	shark
le rhinocéros	luh reenno-saiross	rhinoceros
le rideau	luh ree-do	curtain
rire	reer	to laugh
la rivière	la reev-yair	river